Die Nördlichen Königreiche

Philip Pullman

LEKTÜRE HILFE

Die Nördlichen Königreiche

Philip Pullman

Verfasst von Thibaut Antoine
Übersetzt von Gerda Fischer

DER QUERLESER

Auf derQuerleser.de findest Du:
Zahlreiche verständliche und
detaillierte Lektürehilfen in
Nullkommanichts in digitaler
Version oder als Taschenbuch.

PHILIPP PULLMANN

ENGLISCHER AUTOR

- **Geboren 1946 in Norwich (England)**
- **Einige seiner Werke:**
  - *Der Turm der Engel (Am Scheideweg der Welten – Band 2)* (2000), Roman
  - *Der Bernsteinspiegel (Am Scheideweg der Welten – Band 3)* (2001), Roman
  - *La Belle Sauvage* (2017), Roman

Philip Pullmans Vater, ein Pilot der Royal Air Force, wurde als Kind nach Afrika entsandt. Die Familie verbringt dort einige Jahre, doch nach dem Tod des Vaters beschließt seine Mutter, nach England zurückzukehren. Philip ist geprägt durch den Charakter seines Großvaters, eines anglikanischen Ministers, der ein großer Geschichtenerzähler war und dem er seine Vorliebe für das Geschichtenerzählen verdankt.

Er studiert Philologie an der Universität Oxford. In den 1970er Jahren begann er, Theaterstücke für seine Studenten zu unterrichten und zu schreiben, bevor er in den 1980er Jahren Professor in Oxford und Westminster wurde. Nach der Veröffentlichung von "The Curse of the Ruby" (1986) widmete er sich dem Schreiben.

Er hat eine Leidenschaft für Märchen und schreibt hauptsächlich (aber nicht ausschließlich) für Kinder und Jugendliche, sieht sich aber nicht als „Schriftsteller“: Diesen Begriff für unpassend zu halten, sagt er, „Geschichten schreiben“ (Autorenvorwort, S. 503).

Heute ist er einer der meistgelesenen Kinderbuchautoren der Welt.

DIE NÖRDLICHEN KÖNIGREICHE (AM SCHEIDEWEG DER WELTEN – BAND 1)

ERSTER TEIL EINER EINWEIHUNGSTRILOGIE

- **Genre:** Roman

- **Referenzausgabe:** *Les Royaumes du Nord. À la croisée des mondes (Band 1)*, übersetzt aus dem Englischen von Jean Esch, Paris, Gallimard Jeunesse, 2007, 500 S.

- **1. Auflage:** 1995

- **Thematisch:** Fantasy, Initiationsroman, Magie, Jugend, Steampunk, Parallelwelten

Die Königreiche des Nordens (Northern Lights) ist das erste Buch der *Crossroads of Worlds*-Trilogie. Es ist ein Initiationsroman, der der Jugendfantasie zuzuordnen ist.

Es geht um die Abenteuer der elfjährigen Lyra, die nach Norden aufbricht, um ihren Freund Roger zu retten, den die mysteriösen Enfourager entführt haben. Sein Schauplatz ist „ein Universum, das dem unseren ähnlich ist – und doch in vielerlei Hinsicht anders ist". (S. 7)

Obwohl das Buch bei seiner Erstveröffentlichung von konservativen katholischen Kreisen kritisiert wurde, war es ein großer Erfolg. Es wurde in 40 Sprachen übersetzt und fast 20 Millionen Mal verkauft, was es nach der *Harry-Potter*-Saga zum zweitgrößten Hit im Teen-Fantasy-Genre macht.

The Kingdoms of the North wurde verfilmt (*Crossroads: The Golden Compass*, 2007) und als Theaterstück, Hörspiel, Comicbuch und Videospiel adaptiert.

ZUSAMMENFASSUNG

Die Geschichte beginnt in England zu einer Zeit, die der zweiten Hälfte des 19. Jahrhunderts (Viktorianische Ära) entsprechen könnte. Die elfjährige Lyra, ein blondes, mutiges Mädchen, das nicht besonders auf Sauberkeit bedacht ist, wächst in der Stadt Oxford am Jordan College auf, wo sie von den Scholars, einer Bruderschaft von Theologen, mehr als ausgebildet wird. Diese, insbesondere der Meister, sind für die Erziehung des Mädchens zuständig, da ihre Eltern bei einem Flugzeugabsturz ums Leben gekommen sein sollen. Lyra findet später die Wahrheit heraus: Sie gierten nach Macht und Anerkennung und zogen es vor, ihre Tochter zugunsten ihrer Interessen aufzugeben.

Lyra wird immer von Pantalaimon, ihrem Dämon, begleitet. In Pullmans Welt ist jeder Mensch mit einem Tier verbunden, das ihm überallhin folgt und je nach den Umständen seine Gestalt verändern kann. Zusammen mit Roger, dem Küchenjungen, ihrem besten Freund, ist sie eines der wenigen Kinder, die in der Einrichtung leben. Nicht gehorsam verbringt sie ihre Zeit damit, mit ihren Freunden durch die Stadt zu streifen. Doch mysteriöse Kinderentführer, die sogenannten Vollstrecker, treiben in der Gegend ihr Unwesen, immer mehr Kinder verschwinden. Eines Tages ist Roger an der Reihe, entführt zu werden.

Während eines Gelehrtentreffens versteckt sich Lyra in einem Schrank und wird Zeuge der Vorstellung von Lord Asriel, einem großen Entdecker, der von einer Mission im Norden zurückkehrt. Er wird als ihr Onkel vorgestellt, wird aber später als ihr Vater entlarvt. Er zeigt seinen Kollegen seine Entdeckungen über Staub, ein mysteriöses Teilchen, und ein Foto der Aurora, einem Himmelsphänomen, das verwendet wird, um eine Stadt in einer anderen Welt zu sehen.

Mrs. Coulter, eine Forscherin und Direktorin des Oblation Council, besucht das Jordan College. Sie besteht darauf, Lyra als Assistentin einzustellen und sie nach London zu bringen. Das Kind ist begeistert und freut sich darauf, die Welt zu entdecken. Und sie weiß bereits, dass London nur eine Station auf ihrer Reise nach Norden ist, um Roger zu retten. Vor ihrer Abreise schenkte ihr der Meister das Alethiometer, ein magisches Objekt, eine Art Kompass mit Symbolen, der ihr, wie der Name schon sagt (*Aletheia*: Wahrheit; *Meter*: Maß), ermöglicht, die Tatsachen abzulesen. Ein unterbrochener Satz, in dem der Meister Lord Asriel erwähnt, wird Lyra den ganzen Roman über verfolgen. Sie wird diese Worte als Befehl interpretieren: Sie wird das Alethiometer ihrem Vater übergeben.

Nachdem Lyra einige Zeit damit verbracht hat, die schöne und mächtige Mrs. Coulter zu idealisieren (von der sie später erfährt, dass sie ihre Mutter ist), entdeckt sie eine dunklere Seite ihrer Beschützerin und beginnt ihr zu misstrauen: Sie ist die Anführerin der Enfourageurs (des Rates der Oblation, die wir werden später ausführlich darauf eingehen).

Auf einer vom Oblation Council veranstalteten Party hört das Mädchen ein Gespräch zwischen den Gästen mit: Lord Asriel soll auf Svalbard im Norden von den Panserbjornes gefangen gehalten werden, gepanzerten Bären, von denen angenommen wird, dass sie unbesiegbar sind. Als Lyra Mrs. Coulter gegenüber zunehmend misstrauisch wird (die Heldin erfährt später, dass neben anderen Verschwörungen ihre Mutter hinter Lord Asriels Gefangenschaft steckte), beschließt sie zu fliehen.

Sie wird sofort von drei Zigeunern verfolgt und gerettet, die sie in ihre Gemeinschaft aufnehmen. Ma Costa kümmert sich um sie, als wäre sie ihre Tochter, und das aus gutem Grund: Sie war ihre Amme, als die junge Heldin von ihrer Mutter verlassen wurde.

Sie erreichen Fens, wo sich eine große Versammlung von Tausenden von Zigeunern versammelt, um eine Expedition nach Norden zu organisieren, um die von den Enfouragern entführten Kinder zu finden. Lyra wird draußen gejagt. Die Zigeuner verstecken sie und die Reise geht nach Norden. Lyra entdeckt ihr Talent für die Seefahrt. Farder Coram und John Faa, der Anführer der Zigeuner, verraten ihr, wer ihre leiblichen Eltern sind.

Der Konvoi kommt in der Stadt Trollesund in Lappland an. Lyra, Farder Coram und John Faa treffen Konsul Lanselius, der ihnen sagt, wo die Hexe Serafina Ladakka ist, und der ihnen bei ihrer Suche helfen kann, da sie

Farder Coram etwas schuldet. Der Konsul erklärt ihnen auch, dass die Northern Exploration Company unter dem Deckmantel der Erzsuche vom General Council of Oblation kontrolliert wird. Das Unternehmen fängt Kinder ein und hält sie gefangen, um die „Fürbitte" durchzuführen: ein Verfahren, um die Kinder von ihren Dämonen zu trennen.

Der Konsul bringt sie auch auf die Spur von Iorek Byrnison, einem verbannten Bären, dessen Rüstung gestohlen wurde. Als Lyra Ioreks Rüstung findet, gewinnt dieser seine Würde zurück und willigt ein, sie zu ihrem Schutz zu begleiten.

Die Karawane zieht wieder nach Norden. Der Gänsedämon der Hexe Serafina Ladakka erzählt Lyra, dass die Staubsammler an einer Versuchsstation in Bolvangar ("Felder des Bösen") operieren.

Lyra, die sich zunehmend mit dem Alethiometer vertraut macht, befragt es und erfährt, dass der Geist eines Kindes ein Dorf nicht weit von der Karawanenroute heimsucht. Sie macht sich mit Iorek auf den Weg in die Stadt und findet Toni, einen kleinen, zusammengekauerten Jungen, der seines Dämons beraubt wurde. Er soll „verstümmelt" worden sein: Als Opfer der Mediation wurde er von seinem Dämon getrennt. Sie bringt ihn zurück zum Wohnwagen, aber er stirbt in der Nacht.

Die Samojeden greifen die Karawane an und Lyra wird gefangen genommen. Sie übergeben sie den Ermutigern. Sie wird zur Bolvangar Experimental Station gebracht, wo sie sich wieder mit Roger trifft.

Als Gefangene in Bolvangar bricht Lyra in einen Raum ein, wo sie Dämonen entdeckt, die in Glaskäfigen eingesperrt sind. Mit Hilfe von Goose, dem Schrecken der Hexe Serafina Ladakka, gelingt es ihr, sie zu befreien. Mrs. Coulter kommt mit ihrem Zeppelin in Bolvangar an. Lyra schleicht sich an die Decke, um eine Versammlung auszuspionieren: Die Stationsleiter besprechen eine neue Technik zur Trennung von Dämonen und Kindern: die Guillotine. Lyra wird entdeckt und weggebracht, um von Pantalaimon getrennt zu werden. Die Guillotine ist bereit, die beiden zu trennen, als Mrs. Coulter den Vorgang unterbricht.

Mrs. Coulter will das Alethiometer nehmen. Lyra gibt ihr eine von Iorek hergestellte Kiste, die eine Spionagefliege enthält, die auf Mrs. Coulters Dämon losgegangen ist. Nachdem Lyra beobachtet hat, wie unorganisiert das Personal in einer Simulation ist, nutzt sie die Gelegenheit, um zu fliehen und den Feueralarm auszulösen, was Ms. Coulter verunsichert (die Berührung eines Dämons wird von ihrem Menschen physisch gespürt). Alle Kinder fliehen aus der Station. Nachts durch den Schnee marschierend, holen die Tataren sie ein, nomadische Krieger, die im Norden leben. Die Hexen und Arbeiter wiederum greifen sie sofort an. Dann kommt Lee Scoresby, ein Ballonfahrer und Freund des Bären, um sie mit einem Ballon zu retten. Nach einem Kampf zwischen Tataren, Zigeunern, Hexen und Enfouragern flieht Lyra mit Roger und Iorek an Bord des Luftschiffs.

Gezogen von Serafina Ladakka fliegen sie nach Norden in Richtung Svalbard; die als uneinnehmbar geltende

Festung Panserbjornen. Doch dann kommt ein Sturm auf und Lyra wird aus dem Ballon geschleudert. Sie wird von gepanzerten Bären gefangen und in der Festung eingesperrt.

Eingesperrt in einem Kerker bittet sie darum, Iofur Raknison, den Bärenkönig, zu sehen, der sich bereit erklärt, sie zu treffen. Iofur sitzt mit einer großen Stoffpuppe auf dem Schoß auf seinem Thron und träumt davon, ein Mann zu sein und einen Dämon zu haben. Lyra sagt ihm, dass sie der Dämon von Iorek Byrnison ist und der König werden will. Der einzige Weg, das zu werden, ist, wenn er Iorek in einem Zweikampf tötet. Auf diese Weise rettet sie Iorek davor, von der Bärenarmee getötet zu werden. Sie sehen ihn kommen und lassen ihn in den Palast, um gegen Iofur zu kämpfen.

Die Wachen sehen Iorek in der Ferne. Lyra bittet darum, zu ihm zu kommen, um ihm zu sagen, dass er gegen Iofur kämpfen muss. Er dankt ihr dafür, dass sie lange von diesem Kampf geträumt hat und nennt sie Lyra Golden Tongue. Nach einem erbitterten Kampf tötet Iorek Iofur und wird zum Bärenkönig.

Lyra schließt sich Roger, Iorek und einigen anderen Bären auf der Suche nach Lord Asriel an, der in einem luxuriösen Haus hoch oben auf einer Klippe gefangen gehalten wird. Als politischer Häftling genießt er die volle Fürsorge, die er verlangt. Lyra betritt mit Roger und Iorek das Haus, um Lord Asriel das Alethiometer zu geben. Da er glaubt, dass er den Gegenstand ohne das

Handbuch nicht verwenden kann, überlässt er ihn Lyra (die nur intuitiv weiß, wie man ihn benutzt).

Lord Asriel entführt Roger: Er braucht die Energie, die sich ausbreitet, wenn sich das Kind von seinem Dämon trennt, um eine Brücke zur anderen Welt zu bauen, die während der Aurora transparent zu sehen ist.

Lyra und Iorek verfolgen Lord Asriel. Sie werden von Hexen angegriffen und dann von Mrs. Coulter eingeholt. Die Bären kümmern sich um den Kampf gegen Mrs. Coulter, die von den Tataren begleitet wird. Lyra setzt ihre Verfolgung von Iorek fort. Ihr Verlauf wird durch eine Gletscherspalte unterbrochen, die nur eine bröckelnde Brücke überqueren kann. Iorek ist zu schwer und muss darauf verzichten, sie zu begleiten. Also geht Lyra alleine weiter. Sie trifft sich mit Lord Asriel, der sich auf die Trennung von Roger und seinem Dämon vorbereitet. Roger stirbt. Lord Asriel und Mrs. Coulter, die sich ihnen angeschlossen hat, küssen sich wie zwei Liebende. Mrs. Coulter weigert sich, Lord Asriel zu folgen, der in die andere Welt flieht. Lyra beschließt, ihm zu folgen, um den Dawn Sky zu betreten.

UNTERSUCHUNG DER CHARAKTERE

LYRA BELACQUA (LYRA PARLE D'OR)

Lyra ist ein blondes Mädchen mit hellen Augen. Sie ist dünn und klein für ihr Alter. Ihre Haare und Fingernägel sind oft schmutzig.

In *The Kingdoms of the North* werden die Passagen von Lyras Abenteuern im internen Fokus gehalten. Der Leser verfolgt ihre Entwicklung durch die Augen des Kindes. Der Erzähler wechselt jedoch die Perspektive und führt Passagen der nullten Fokussierung ein, um dem Leser Informationen über Lyras Unwissenheit zu geben, was die dramatische Spannung erhöht. Zum Beispiel erfahren wir in einer Diskussion zwischen dem Meister und der Bibliothekarin, bei der Lyra nicht anwesend ist, dass ihre Rolle für die Zukunft der Welt von entscheidender Bedeutung ist, aber sie darf sich dessen nicht bewusst sein (S. 47).

Sein Nachname Belacqua bezieht sich auf eine Figur aus Dantes *Göttlicher Komödie*: Der italienische Dichter zählt Belacqua zu den „Trägen", jenen Seelen, die nicht zwischen Gut und Böse wählen und handeln können.

Lyra ist die Tochter einer ehebrecherischen Beziehung zwischen Marisa Coulter (Mrs. Coulter) und Lord Asriel. Nach ihrer Geburt musste sie von ihrer Mutter versteckt werden, da Mrs. Coulters Ehemann angesichts der offensichtlichen Ähnlichkeit des Kindes mit seinem leiblichen Vater versuchte, sie loszuwerden. Lord Asriel weigerte sich, sie dem Kloster anzuvertrauen und vertraute den Gelehrten des Colleges ihre Ausbildung an.

Sie ist undiszipliniert und verbringt ihre Zeit damit, mit den Kindern auf der Straße zu spielen, insbesondere mit Roger Parslow, dem Küchenjungen des Jordan College. Sie muss sich mehr für das theoretische Wissen interessieren, das von den Stipendiaten vermittelt wird. Dennoch ist ihre Beziehung zum Wissen komplex: Ihre Neugier auf den Staub und die andere Welt führt sie über den Dawn Treader, während im Verlauf des Buches viele andere Gefahren auf sie warten.

Sie ist auch sehr schlau: Sie ist eine Expertin im Lügen und entwickelt außergewöhnliche intuitive Fähigkeiter, hauptsächlich bei der Verwendung des Alethiometers. Getragen von ihrem Mut verkörpert sie den revolutionären Elan in diesem totalitären System, das von der Sehnsucht nach Freiheit getragen wird.

DIE DÄMONEN

In der Welt von Lyra hat jeder Mensch einen Dämon. Er hat die Form eines Tieres und verändert sein Aussehen je nach Situation. Beim Eintritt ins Erwachsenenalter wird der Zustand des Dämons endgültig bestimmt.

Zwischen Außen und Innen, zwischen dem Anderen und einem selbst ist der Dämon wie eine Erweiterung der

Figur. Die Kommunikation zwischen dem Menschen und seinem Dämon kann verbal oder intraverbal sein (z. B. schrumpft er zusammen, wenn das Symbol Angst hat; umgekehrt fühlt sich der Mensch berührt, wenn jemand seinen Dämon anfasst). Außer Hexen können sich Menschen und Dämonen nicht voneinander distanzieren. Ein so starkes Band schweißt sie zusammen, und die Gefahr, getrennt zu werden, stürzt sie in tiefe Verzweiflung.

Ein Gesetz, „das große Tabu", verbietet es, den Dämon eines anderen Menschen zu berühren. Als Lyra Pantalaimon von den Enfouragern in Bolvangar entrissen wird, empfindet sie diesen Angriff, als ob "eine fremde Hand in sie eingedrungen wäre" (S. 350).

Der Oblation Council plant, die Kinder von ihren Dämonen zu trennen, da sie, einmal „verstümmelt", geisterhaft sind und keine Bedrohung mehr für das Lehramt darstellen.

Pantalaimon

Pantalaimon (den Lyra „Pan" nennt) ist der Dämon der Heldin. Sein Name leitet sich vom griechischen Pan („alle") und *Eleimon* („barmherzig") ab: Er ist derjenige, der alles vergibt. Mal als Hermelin, um sie warm zu halten, mal als Maus, um unauffällig in ihre Tasche zu schlüpfen, mal als Katze oder Vogel, ist er ihr treuester Begleiter. Er ist so untrennbar mit ihr verbunden, dass es schwierig ist, ihm einen eigenständigen Charakterstatus zuzusprechen.

LORD ASRIEL

Lord Asriel hat eine große, katzenartige Erscheinung mit breiten Schultern und einem „dunklen, wilden" Gesicht (S. 23). Er strahlt eine solche Macht aus, dass ihn niemand herablassend behandeln kann (S. 24).

Lord Asriel, Lyras Vater, ursprünglich als ihr Onkel vorgestellt, ist ein Gelehrter des Jordan College. Als einsame und mysteriöse Persönlichkeit ist er ein großer Entdecker, der Expeditionen in den Norden unternimmt. Um eine neue Reise zu finanzieren, berichtet er den Gelehrten des Jordan College über seine Fortschritte bei der Entdeckung des Staubs. Er plant, eine Brücke zu dieser Stadt zu bauen, die nur während der Aurora (Nordlicht) sichtbar ist: ein Paralleluniversum, das unser Universum überlagert (in der Aurora Borealis machen die elektrischen Teilchen der Aurora die Materie unserer Welt subtiler und ermöglichen ein Blick in andere Universen.) Seine größenwahnsinnige spirituelle Suche führt ihn zu den Spuren des „Ursprungs von Staub, Tod, Sünde, Elend, Zerstörungslust". Er sagt, er wolle "den Tod töten". (S. 475).

Zu Beginn des Buches versucht der Maitre d' am Jordan College, ihn zu vergiften. Diese Episode bringt uns auf die falsche Spur: Als potenzielles Opfer gilt ihm natürlich unser Mitgefühl. Er erweist sich jedoch als egoistisch und rücksichtslos, vor allem wenn er Roger, Lyras besten Freund, tötet.

Er ist eine strenge und mächtige Persönlichkeit, die seine Tochter fasziniert, die für seinen Egoismus bezahlen muss. Sie setzt alles daran, ihn zu finden, als sie erfährt, dass er in Svalbard, der uneinnehmbaren Festung, gefangen gehalten wird.

Obwohl Lord Asriel nur am Anfang und am Ende des Romans auftaucht, ist er eine zentrale Figur, die Lyras Aufmerksamkeit auf sich zieht. Es ist Gegenstand von Gesprächen zwischen den Protagonisten und vor allem er ist es, der in Lyra den Wunsch weckt, mehr über den Staub zu erfahren, und auf ihn richtet sich die Suche der Heldin.

Sein Dæmon ist ein Leopard, „stolz, schön und mörderisch" (S. 475).

MARISA COULTER

Ms. Coulter wird als schöne, schlanke junge Frau mit glänzendem schwarzem Haar beschrieben.

Sie ist eine Figur, die mehrere Funktionen erfüllt. Zu Beginn des Buches empfindet Lyra, die am Jordan College nur mit älteren, langweiligen und strengen Männern gelebt hat, große Bewunderung für diese Frau, die aus London gekommen ist, um nach ihr zu suchen. Sie sieht in ihr die Mutter, die sie gerne gehabt hätte – und die sich später als ihre leibliche Mutter entpuppen wird. Mrs. Coulter macht es möglich, Lyras Reise zu beginnen.

In ihrer ambivalenten Beziehung zu Lord Asriel, den sie eingesperrt hat, der aber der einzige Mann zu sein scheint, den sie lieben kann, setzt Mrs. Coulter ihren Charme ein, um ihre Ziele zu erreichen. Sie ist machthungrig und bereit, alles zu tun, um zu dominieren. Zuerst verheiratet mit Edward Coulter, einem ehrgeizigen Politiker, widmete sie nach seinem Tod all ihre Energie ihrem Ziel: Sie ist Vorsitzende des Oblation Council. Diese zweite, dunklere Seite dominiert fortan den Charakter. Sie brütet verschiedene Verschwörungen aus: Zum Beispiel ist sie dafür verantwortlich, Iorek Byrnison ins Exil zu schicken, damit Iofur Raknison über die Bären herrschen kann; sie leitet das Projekt, um Kinder von ihren Dämonen zu trennen; und sie ließ Lord Asriel, ihren Geliebten, ins Gefängnis bringen. Lyra ist nicht so grausam, scheint aber finstere Pläne zu haben.

Ihr Dæmon ist ein Affe mit goldenem Fell, mit dem sie unter anderem Kinder fängt.

IOREK BYRNISON

Iorek Byrnison, ein Prinz, der aus dem Königreich Svalbard verbannt wurde, weil er einen seiner Art getötet hatte, ist ein Pansebjorne, ein gepanzerter Bär von kolossaler Stärke. Die Rüstung eines Bären ist wie der Dämon der Menschen: Sie ist ihre spirituelle Essenz. Ein Bär ohne Rüstung (das ist Iorek, wenn Lyra ihn trifft) ist ein depressiver, seelenloser Bär. Lyra erlaubt ihm, sie zu finden, und im Gegenzug wird Iorek das Mädchen auf ihren Abenteuern begleiten. Seine Rüstung ist rostig und verbeult, passt aber perfekt zu ihm und kontrastiert mit der wunderschönen Rüstung der Bären des Königreichs, insbesondere der von Iofur Raknison, seinem Rivalen und König von Spitzbergen, den er in einem organisierten Kampf tötet, woraufhin er sich seiner bewusst wird nimmt Platz ein.

Als Krieger und Schmied, aber auch sehr schlau (man sagt, dass niemand einen Bären täuschen kann), hilft Iorek Lyra, viele Hindernisse zu überwinden, und rettet sie mehrmals.

IOFUR RAKNISON

Iofur Raknison ist der König der gepanzerten Bären von Svalbard. Seine Rüstung ist luxuriös, aber er „träumt von einer anderen Seele" (S. 440): Sein größter Wunsch ist es, einen Dämon zu besitzen. Da die Tiere keine haben, fertigte er eine Stoffpuppe in Menschengestalt an, um diesen Mangel auszugleichen. Der Kontrast zwischen einem Bärenkönig in glänzender Rüstung und der Puppe, die er hält, ist einzigartig. Der Übergang von der Kindheit zum Erwachsensein ist ein nichtlinearer Prozess, der im Buch (und im Jugendalter) eine zentrale Rolle spielt.

Iofur, der einen Dämon besitzen möchte, funktioniert bereits als Mensch. Aus diesem Grund neigt er im Gegensatz zu seinen Altersgenossen zu Gerissenheit. Lyra nutzt dies aus, indem sie sich von Iorek besiegen lässt.

DIE ZIGEUNER

Ma Costa, Farder Coram und John Faa sind die Zigeuner, die Lyra aufnehmen und sie vor der vom Rat der Verliebtheit inszenierten Suche beschützen. Ihre Gemeinde hat viele Kinder verloren, die von den Enfouragern entführt wurden. Du bist ein unverzichtbarer Helfer für Lyra auf ihrer Suche nach Norden. Sie geben Lyra viele Informationen über ihre Vergangenheit preis, insbesondere über ihre Eltern.

SERAFINA LADAKKA

Auch wenn es schwierig ist, sie einzuordnen – einige übernehmen die Rolle von Helfern, andere die Rolle von Widersachern – werden Hexen in diesem Roman nicht mit hässlichen älteren Frauen gleichgesetzt. Sie können schön sein und jung bleiben, obwohl sie mehrere hundert Jahre alt werden können. Serafina Ladakka ist ein Beispiel dafür. Diese schöne grünäugige Frau erscheint eher als weise und wohlwollende Figur als als der Archetyp der Hexe, der uns in Märchen überliefert wird. Die Hexen bewegen sich in der Polarkälte auf Tannenzweigen, die mit einem einfachen Seidenschleier bedeckt sind. Sie spüren die Kälte, ertragen sie aber auch, was sie menschlicher macht.

Serafina Ladakka kommt Lyra zu Hilfe, vor allem aber ihr Gänsedämon (denn Hexen können sich im Gegensatz zu Menschen von ihm distanzieren) verrät ihr wichtige Informationen, z. B. den Standort der Versuchsstation.

SCHLÜSSEL ZUM LESEN

AM KREUZWEG DER GENRES

Ein Fantasy-Roman

Die Geschichte spielt in einer Welt, in der viele Ähnlichkeiten mit unserer Welt haben (insbesondere die Geografie und das Setting des viktorianischen Englands). Viele Elemente des Wunderbaren sind jedoch vom Anfang des Buches an vorhanden (einschließlich der Anwesenheit von Dämonen). Im Verlauf der Geschichte werden diese Elemente (Fantasiewesen, Hexen usw.) präsenter.

Die *Nördlichen Königreiche* lassen sich dem schützenden Fantasy-Genre zuordnen: Übernatürliche Elemente und Magie sind fester Bestandteil der Welt der Figuren (im Gegensatz zum Fantasy-Genre, in dem das Übernatürliche Angst einflößt, indem es in die „wirkliche" Welt eindringt).

Unterkategorien von Fantasy-Büchern

Die Einordnung von Fantasy-Werken kann anhand verschiedener Kriterien erfolgen. Einer davon ist der räumlich-zeitliche Rahmen, der im Fall der *Nördlichen Königreiche* besonders relevant ist. Marshall et al. in *Fantasy Literature* (1979) zwischen **High** und **Low Fantasy** unterscheiden.

In **High Fantasy** bewegen sich Charaktere ausschließlich in einer Welt mit eigener Geschichte, Geographie und Gesetzen. Die Atmosphäre ist oft märchenhaft (z. B. „Der Herr der Ringe").

Man spricht von **Low Fantasy**, um Werke zu charakterisieren, in denen die Handlung in einer realweltnahen Welt stattfindet und mit einer anderen Welt kommuniziert, vor allem durch Passagen, aus denen es manchmal kein Zurück gibt.

Die *nördlichen Königreiche* sind also wenig Fantasie: Lyras Welt enthält zwar übernatürliche Elemente (wie die ambarische Energie, Dämonen usw.), weist jedoch starke Ähnlichkeiten mit unserer Welt auf: Sie wächst in Oxford auf und verbringt einige Zeit in einem London, das dem viktorianischen ähnelt Ära und reist dann nach Lappland (im hohen Norden). Die übersinnlichen Elemente sind somit „natürlich" in eine Kulisse eingebettet, die von vornherein nicht mit unserer Welt bricht. Was den zeitlichen Rahmen betrifft, benötigen wir genauere Informationen, um die Zeit zu datieren, in der die Geschichte spielt.

Parallel zur Handlung zeichnet sich eine andere Welt ab, die während der Aurora (Nordlichter) nur aus dem hohen Norden sichtbar ist: eine Stadt, der Lyra am Ende des Romans beitreten wird.

Dampfpunk

Das Buch nimmt auch Anleihen bei der *Steampunk*-Ästhetik (insbesondere im ersten Teil, der in England spielt).

Steampunk (wörtlich „Steampunk") ist eine literarische und filmische Bewegung, die typischerweise im England des späten 19. Jahrhunderts angesiedelt ist, der Zeit der ersten industriellen Revolution. Es ist eine Art Uchronia (literarische Erzählung, deren Prinzip das Umschreiben der Geschichte ist: Der historische Rahmen ist der der natürlichen Welt, aber ein Ereignis weicht davon ab und führt zu einer Reihe fiktiver Konsequenzen). *Steampunk* spielt eine bedeutende Rolle in einer Welt, in der Dampfmaschinen und Mechanismen aus Edelmetallen (wie Kupfer oder Messing) bestehen. *The League of Extraordinary Gentlemen* von Stephen Norrington (2003), die Verfilmung des Comics von Alan Moore, ist ein Symbolwerk dieser Bewegung.

Der räumliche und zeitliche Rahmen der *Nördlichen Königreiche* erinnert an das viktorianische England (charakteristischer Kleidungsstil, autofreie Straßen in Oxford, Pferdemesse usw.). Einige Objekte, insbesondere das Alethiometer, das wie ein großer Kupfer- und Kristallkompass aussieht, beziehen sich auf diese imaginären Werkzeuge mit sichtbarer Mechanik, die in der *Steampunk*-Welt sehr präsent sind. Während die eigentlichen Dampfmaschinen in dem Buch fehlen, sind Mrs. Coulters Zeppelin und Lee Scoresbys Ballon wiederkehrende Elemente in dieser Welt.

Eine Initiationsgeschichte

Die *Nördlichen Königreiche* (und noch mehr die gesamte Trilogie) ist eine Initiationserzählung – ein Erzählstrukturstandard in Fantasy-Büchern. Zu Beginn des Buches ist Lyra noch ein Kind. Sie will spielen und die Grenzen einer paternalistischen Autorität, die von den Gelehrten vertreten wird, erweitern (diese „Väter" scheinen zu alt zu sein, um sich um die Ausbildung der jungen Mutigen zu kümmern: Die Kluft zwischen den Generationen wird größer und sie können es nicht verstehen). Während des gesamten Romans und noch mehr während der gesamten Trilogie sieht sie sich mehreren Hindernissen gegenüber, die sie leiden und wachsen lassen. Sie verfeinert ihre Kunst der List und Lüge, die nicht mehr wie zu Beginn des Buches nur dazu dient, ihre disziplinären Wendungen vor den Gelehrten zu rechtfertigen, sondern ihr erlaubt, Pläne zu schmieden, um Leben zu retten. Sie entwickelt auch außergewöhnliche Intuitionsfähigkeiten, indem sie das Alethiometer liest.

Trotz aller Hindernisse weicht sie nicht zurück, als ob sie dazu bestimmt wäre. Sie wird mit der harten Realität konfrontiert, vor der sie am Jordan College geschützt wurde: die Wahrheit über ihre Eltern und das Schicksal entführter Kinder, die rücksichtslose Machtgier, die manche Erwachsene antreibt, und ihre Grausamkeit. Indem sie diese Prüfungen überlebt, wird sie ihren Blick auf die Welt erweitern. Sie wird weniger naiv sein. Am Ende des dritten Bandes nimmt Pantalaimon seine endgültige Form an, ein Zeichen dafür, dass die Heldin das Erwachsenenalter erreicht.

DAS ERZÄHLSCHEMA

Die *Königreiche des Nordens* folgen einem relativ klassischen Erzählmuster im Initiationsroman-Genre.

Ausgangsposition

Zusammen mit ihrem besten Freund Roger durchstreift Lyra die Stadt Oxford auf der Suche nach Möglichkeiten, die Verbote der strengen Gelehrten des Jordan College zu brechen. In der Stadt und ihrer Umgebung treiben die Enfurreurs ihr Unwesen: eine mysteriöse Gruppe, die von Legenden umwoben wird, weil sie Kinder entführt. Eines Abends nimmt Lyra, die sich in einem Schrank versteckt, an einem Treffen teil, bei dem sie von der Existenz von Dust erfährt, einem Partikel, das nur im hohen Norden sichtbar ist. Sie will ihrem Onkel Lord Asriel folgen, der dorthin zurückreist, sich aber weigert, sie mitzunehmen.

Störende Elemente

Die Enfouragers entführen Roger. Dieses Element leitet Lyras Suche nach ihrer Freundin ein, fungiert aber eher als narrativer Hebel, der sie dazu bringt, das Ziel ihrer wahren Suche zu entdecken: Lord Asriel zu finden.

Peripetien

- Mrs. Coulter erscheint. Lyra begleitet sie nach London und wird ihre Assistentin.

- Lyra beschließt, aus Mrs. Coulters Haus zu fliehen. Sie wird von Zigeunern gejagt und gerettet. Lyra schifft sich mit ihnen in Richtung Norden ein.

- Lyra trifft Iorek Byrnison, einen Bären, dem seine Rüstung abgenommen wurde und den das Mädchen wiederfindet. Iorek begleitet sie fortan.

- Die Karawane der Zigeuner wird überfallen und Lyra wird von Samojeden gefangen genommen, die sie an die Enfouriers verkaufen. Sie landet in Bolvangar, der Versuchsstation, wo sie Roger wieder trifft.

- Ihr gelingt die Flucht.

- Lee Scoresby nimmt Lyra auf. Sie fliegen nach Spitzbergen.

- Ein Angriff von Klippenmonstern lässt Lyra vom Ballon fallen. Sie wird von den Armored Bears gefangen genommen und nach Svalbard gebracht.

- Sie wird im Königreich der Bären gefangen gehalten.

- Es gelingt ihr, einen Kampf zwischen König Iofur und Iorek zu organisieren. Lyras Gefährtin gewinnt den Kampf.

Auflösung

Nach dem Sieg über Iofur wird Iorek König von Spitzbergen. Er begleitet Lyra, um Lord Asriel zu befreien, der überraschend unglücklich über seine Freilassung ist. Er will das Alethiometer nicht.

Endsituation

Lord Asriel flieht und entführt Roger, den er tötet, um mit einer Installation philosophischer Werkzeuge die Kluft zur anderen Welt zu überbrücken. Jetzt allein folgt Lyra ihrem Vater auf die andere Seite der Aurora.

Als Lyra Lord Asriel befreit, erfüllt sie ihre Aufgabe, scheint aber einen Fehler korrigieren zu müssen. Als ihr Vater freigelassen wird, tötet er Roger und flieht durch die Morgendämmerung in die andere Welt. Doch diese Wendung (scheinbar ein Misserfolg für Lyra) ermöglicht es der Heldin, die andere Welt zu entdecken, die das Thema des zweiten Bandes der Trilogie sein wird.

DAS ACTANCE-SCHEMA

Da sich das Handlungsschema auf einen Handlungsstrang bezieht, nehmen wir Lyras Suche nach der Befreiung von Lord Asriel aus dem Königreich Svalbard als primäres Modell. Die Suche nach Roger kann nur als Zwischenstation auf dem Weg zu einem Wiedersehen mit dem Gelehrten angesehen werden (tatsächlich ist Roger ein unterentwickelter Charakter). Obwohl sie der Suche nach Svalbard in der narrativen Chronologie vorausgeht, ist die Suche nach dem vermissten Freund aus Sicht der Handlung zweitrangig.

- Schicksal": Lyra ist dazu bestimmt, eine entscheidende Rolle im Schicksal der Welt zu spielen (unbewusste Schicksalsgeberin für die Hauptfigur, vom Meister gerufen).

- Der Meister, ein „falscher" Aktant (Greimas): Lyra glaubt aufgrund eines gebrochenen Satzes, dass sie Lord Asriel das Alethiometer geben muss. Der Maitre ist also nicht „wirklich" ein Aktant, sondern Lyra stellt ihn sich als solchen vor.

- Lyras Wunsch, mehr über ihren Vater zu erfahren (aus Gründen, die möglicherweise mehr mit dem zu tun haben, was Lord Asriel weiß und ihr beibringen könnte, als mit der emotionalen Bindung zwischen den beiden Protagonisten)

- Lyra ist neugierig auf den hohen Norden, den Staub und die Morgendämmerung.

Adressaten

- Lord Asriel wird befreit

- Lyra, die sofort von ihrem Vater enttäuscht ist

Hilfsstoffe

- Dr. Lanselius, der ihr wertvolle Informationen gibt

- Lyras Mut und List

- Die Zigeuner, die sie aufnehmen und nach Norden bringen

- Iorek Byrnison, der Bär, der sie mit seiner Macht beschützt

- Die Hexe Serafina Ladakka und ihr Gänsedämon

- Lee Scoresby rettet sie mit seinem Ball

- Das Alethiometer, das ihm die Wahrheit offenbart und ihm unter anderem erlaubt, den König von Svalbard zu täuschen

Gegner

- Mrs. Coulter, die Lyra als Köder benutzen will, um andere Kinder zu fangen

- Der Rat der Oblation, der Lyra entführt

- Die Tataren überfallen den Zigeunerkonvoi

- Die gepanzerten Bären von Svalbard

DIE POLITISCH-RELIGIÖSE FRAGE: EIN KETZERROMAN?

Im Hintergrund seiner Trilogie erschafft Philip Pullman eine originelle „Theologie", die Philosophie, Christentum, Quantenphysik und Paralleluniversen verbindet. Die *Königreiche des Nordens* legen die Grundlagen dieser „Theologie".

Die Polemik

Als die Verfilmung des ersten Bandes (A Crusoe of the Worlds: *The Golden Compass*) in die US-Kinos kam, meldeten sich konservative christliche Kreise (insbesondere The *Catholic League for Religious and Civic Rights*) zu Wort und verurteilten den Film als ketzerisch, wer will „Atheismus an Kinder verkaufen" (Noiville, F. « Qualifié d'antichrétien, l'écrivain Philip Pullman préfère en rire », *Le Monde* vom 3. Dezember 2007).

Antoine Gallimard, der französische Verleger von Philip Pullman, kommentierte (*ebd.*):

> *„Obwohl es metaphysische Fragen gibt, haben sie nichts mit den Evangelien zu tun. Sie spiegeln eine spirituelle Suche wider, die Kindern vertraut ist. Wer sind wir? Woher kommen wir? Was liegt jenseits der sichtbaren Welt?".*

Was also hat katholische Kreise so sehr gestört?

Lyras Welt ist dystopisch (eine Dystopie ist eine fiktive Erzählung, die in einer totalitären Gesellschaft mit wenig Platz für das Individuum spielt). Es kann als Kritik an der religiösen Organisation gelesen werden. Die Ordnung der Gesellschaft wird von einer allmächtigen Kirche bestimmt, deren Unterdrückungsorgan das Lehramt ist. Der repressive Aspekt dieses totalitären Systems bezieht sich weniger auf das Verhalten des Einzelnen als vielmehr auf ein geschlossenes Dogma, das jede spirituelle oder wissenschaftliche Forschung verhindert, die nicht dem auferlegten theologischen Kanon folgt. Gedanken werden kontrolliert, um eine bestimmte Ordnung in der Welt aufrechtzuerhalten. Mit der Entdeckung des Staubs, der eine Bedrohung für die Kirche darstellt, versucht die Institution, die Existenz des mysteriösen Partikels und der damit verbundenen Paralleluniversen geheim zu halten. Daher ist die politische Organisation in der Welt von Lyra untrennbar mit der Religion verbunden. Das *Lehramt* ist eine Allegorie der Machtkämpfe, Rivalitäten, Geheimnisse und des Verrats, die in jeder politischen Organisation, *insbesondere* in der Kirche, an der Tagesordnung sind.

Darüber hinaus verdreht Pullman die Geschichte, wie er es mit der Geographie tut: Er mischt die Namen historischer Persönlichkeiten in seine Erzählung. Dennoch erfindet er sie neu, verwischt die Grenzen zwischen Fiktion und Realität und verleiht seinem Roman einen chronischen Charakter. So macht er zum Beispiel Johannes Calvin, den großen Reformator, zu einem Papst, der, nachdem er den Sitz des Papsttums nach Genf verlegt hatte, angeblich das Konsistorialgericht einsetzte, das mit dem Umgang mit Ketzern beauftragt war. Von diesem (fiktiven) Zeitpunkt an übte die Kirche absolute Kontrolle über die Welt aus. Nach dem Tod von Johannes Calvin schlossen sich die verschiedenen Colleges, Räte und Universitäten zum Lehramt zusammen, in dem es zu zahlreichen Streitigkeiten kam.

Eine Paraphrase der Erbsünde

Der Opferrat, den Kindern in Lyra als „Enfourageurs" bekannt, ist ein Organ des Lehramtes. Eines seiner Ziele ist es, die Kinder von ihrem Dämon zu trennen (ähnlich wie die Kastraten im 16. Jahrhundert, die kastriert wurden, um sich nicht zu verstümmeln).

Warum führen die Enfourageurs solche Verstümmelungen durch?

Pullman lässt Lord Asriel in einer Nacherzählung einer Passage aus dem Alten Testament sagen: „Im Schweiße deines Angesichts sollst du dein Brot essen, bis du zur Erde zurückkehrst, denn du wurdest von ihr genommen. Denn du bist Staub und zu Staub, aus dem du wirst, du kehrst zurück" (S. 469). Laut Lyras Vater soll der Name „Staub" biblischen Ursprungs sein. Pullman geht in seiner Genesis-Adaption sogar noch weiter: Er schreibt einen Teil des Mythos von Adam und Eva um:

> *„Aber als der Mann und die Frau ihre Dämonen kannten, erkannten sie, dass eine bedeutende Veränderung in ihnen stattgefunden hatte, denn bisher war es, als ob sie eins mit allen Kreaturen der Erde und der Luft waren, und es gab keinen Unterschied zwischen ihnen.*
>
> *Dann sahen sie diesen Unterschied; sie wussten, was gut und was falsch war..."* (S. 468)

Die Herausforderung „knowing your daemon" geht also über die Qualität der Beziehung zwischen dem Menschen und seinem tierischen Alter Ego hinaus. Diese „große Veränderung" erreicht das Erwachsenenalter (an welchem Punkt die Form des Dämons etabliert ist und der Mensch ihn „kennenlernen" kann). Daraus folgt das „Kennenlernen" (was in Pullmans Theologie die Erbsünde *ist*) der Empfang des Staubs (der sich nur auf „bewusste" Wesen niederlässt): Wenn der Mensch ins Erwachsenenalter eintritt, wird ihm bewusst, was der Rat der Opfergabe bedroht zu.

Parallelwelten

In Lyras Welt lehrt die Kirche, dass es zwei Welten gibt: die Welt der Materie und die Welt des Geistes (unterteilt in Himmel und Hölle). Wieder einmal spielt Pullman mit den Grenzen zwischen Fiktion und Realität, da diese Dichotomie auch auf die reale Kirche übertragen werden könnte. In dem Roman stellen Barnard und Stokes, zwei ketzerische Theologen, die Hypothese auf, dass es viele Welten gibt, die der von Lyra ähneln, „weder Himmel noch Hölle, sondern mit Sünde befleckte materielle Welten" (Seite 46). Diese Theorie, die die Kirche widerlegt hat, soll unter anderem durch die Forschung der experimentellen Theologie gestützt werden, die von Lord Asriel durchgeführt wurde. Durch den Versuch, den Forscher zu Beginn des Romans zu vergiften, versucht der Meister, das College vor Häresievorwürfen zu schützen, die die Unterstützung ihrer Beschützer (wie des Oblation Council) in Frage stellen könnten. Bis Lord Asriel hatte niemand geglaubt, dass es möglich sei, von einer Welt in eine andere zu gelangen. Seine Forschung lässt ihn jedoch glauben, dass dies möglich ist, was am Ende des Buches bestätigt wird.

STOFF ZUM NACHDENKEN

EINIGE FRAGEN, UM IHRE ÜBERLEGUNG ZU VERTIEFERN.

- Was macht Die *Königreiche des Nordens* zu einem Initiationsroman?

- Inwieweit stellen Parallelwelten eine Hoffnung gegen den Totalitarismus dar?

- Erstellen Sie das Akttanzschema von Iorek Byrnison bei der Eroberung des Königreichs der Bären.

- Inwiefern ähnelt der Aufbau des Buches einem Märchen?

- Vergleichen Sie die Verfilmung und den Roman.

- Phillip Pullman sieht sich nicht als Schriftsteller, sondern als Geschichtenerzähler. Erkläre es.

- Wie verwischt der Autor die Grenzen zwischen Realität und Fiktion?

- Wie ist es zu verstehen, dass die Form von Dämonen im Erwachsenenalter festgelegt wird?

ZUSÄTZLICHE INFORMATION

REFERENZAUSGABE

PULLMAN P., *Die Königreiche des Nordens. À la croisée des mondes – Bd. 1*, Paris, Gallimard, 2007.

REFERENZSTUDIEN

BAZIN L. «Mondes possibles, lendemains qui chantent? Projections utopiques dans la littérature de jeunesse contemporaine», *TRANS* – [Online], 14 | 2012, online gestellt am 24. Juli 2012, abgerufen am 01. Oktober 2016. URL: http://trans.revues.org/567; DOI: 10.4000/trans.567

HÉBERT L., «Le modèle actanciel», in Louis Hébert (Hrsg.), *Signo* [online], Rimouski (Québec), 2006

NOIVILLE F. «Qualifié d'antichrétien, l'écrivain Philip Pullman préfère en rire» (Als Antichrist bezeichnet, lacht der Schriftsteller Philip Pullman lieber darüber), *Le Monde* https://www.lemonde.fr/cinema/article/2007/12/03/qualifie-d-antichretien-l-ecrivain-philip-pullman-prefere-en-rire_985280_3476.html

ANPASSUNGEN

Comic: MELCHIOR-DURAND S., OUBRERIE C., *Les Royaumes du Nord, Band 1/3* Paris, Gallimard, 2014

Verfilmung: WEITZ C., Am Scheideweg der Welten: *Der goldene Kompass* (Originaltitel: The Golden Compass), 2007

Radiofeatures: Britischer Sender BBC Radio 4, 2003

Theater: HYTNER N., *His Darkness Materials*, 2003

Videospiel: *Am Scheideweg der Welten: Der goldene Kompass*, SEGA, 2008

Deine Meinung ist uns wichtig!
Hinterlasse doch einen Kommentar auf der Seite
unserer Online-Buchhandlung
und teile Deine Favoriten in den sozialen Netzwerken!

derQuerleser.de

Literatur auf den Punkt gebracht!

www.derQuerleser.de

ISBN digitale Ausgabe: 9782808686976
ISBN gedruckte Ausgabe: 9782808698375
Pflichtexemplar: D/2023/12603/1117

Cover: © Plurilingua
Logo: © Graphicrepublic (Freepik.com) und Plurilingua

Digitale Aufbereitung: Primento, der digitale Partner der Herausgeber.